Taigan taikaa

Sirpa Pursiainen

Kirjailijalta

Omistan tämän kirjan kaikille lapsille ja lapsen-mielisille. Elämä on täynnä ihmeitä, joita voimme nähdä päivittäin, jos vain uskallamme. Kauneus kietoutuu luonnossa päivin ja öin kertoen meille paljon itsestämme sekä elämästä yleensä. Etenkin kiireen keskellä on hyvä hetkeksi pysähtyä näkemään ja kuulemaan. Lapset ja sadut antavat usein tärkeän esimerkin siitä, mikä ero on kuuntelemisella ja kuulemisella.

Uskalletaan etsiä ja löytää itsessämme ja lähellämme olevat aarteet!

Kun revontulet ilmaantuivat taivaalle, alkoi isoisä kertoa minulle tarinaa. Ne olivat ensimmäiset revontulet, jotka minä näin.

Isoisä kertoo:
"Synnyin revontulien tanssiessa taivaalla. Äiti sanoi aina, että olen suuri ihme. Yhtä suuri ihme kuin revontulet taivaankannella...

Kun minä olin pentu, minua kiinnosti kaikki ympärillä oleva. Kyselin paljon kysymyksiä ja tutkin ympäristöä.

Äiti ja isä opettivat meitä. Etenkin äiti opetti varomaan vaaroja. Äiti varoitti vihaisista peto-linnuista ja tuntemattomista karhuista. Äiti opetti minua, veljeä ja siskoani kiipeämään puuhun vaaran uhatessa. Äiti varoitti useam-paan kertaan eräästä arvaamattomasta paha-lammesta, joka saisi kuulemaan haluamiaan asioita.

Kun minä olin pieni, mietin usein, mitä kaikkea maailmassa on.

Kotimetsä tuntui niin pieneltä. Puut joita en ollut nähnyt, kiinnostivat minua valtavasti.

Kotimetsän lampea isommat lammet ja niiden isot lohet kiehtoivat minua valtavasti.

Usein haaveillen mietin kaikkia maailman seikkailuja, joista oma isoisäni oli minulle kertonut.

Mielessäni olin suunnitellut jo pitkään omaa seikkailua. Useamman kerran äiti tai isä olivat tulleet hakemaan minut kotimetsän reunalta, jonne olin suunnannut askeleeni.

Houkuttelin lopulta veljeni mukaan matkalle. Lupasin hänelle, että löydämme suuria lohia hieman tuonnempaa. Mielessäni ajattelin, että voisimme pitää vuoroin vahtia, toisen nukkuessa.

Saapui päivä, jolloin lähdimme seikkailulle. Veljeäni pelotti pimeä metsä, joka aukeni kotimetsän rajalla. Minä rohkaisin ja halasin veljeäni sanoen: "Kyllä me tästä seikkailusta selviämme."

Oikeasti itseänikin pelotti valtavasti…

Illan pimetessä onneksemme kauniit ja voimakkaat revontulet ilmaantuivat taivaalle valaisemaan pimeää. Koimme olevamme hyvin pieniä suuressa metsässä.

Tanssivien revontulien alla otimme askeleita eteenpäin, kohti suurta ja tuntematonta.

Taivalsimme eteenpäin vitsaillen toisillemme, kuinka suuria sankareita olemme.

Taivallettuamme useamman päivän, emme enää tarkalleen tienneet mistä olimme tulleet tai minne matkasimme. Lopulta saavuimme jyrkänteen reunalle. Alhaalla näkyi vihreä lampi.

Katsoin lampea kiinteästi. Kuulin korvissani, kuinka suuret lohet kutsuivat minua luoksensa. Veljeni varoitti minua sanoen, että tästä lammesta äiti on varoittanut. Minä en kuitenkaan kuunnellut. Lampi vakuutti, että se tarjoaisi maailman parhaat ja suurimmat lohet.

Olin varma, että selviäisin kyllä alas. Pian saisimme kumpikin makoisia lohia syödäksemme.

Muutaman askeleen päästä kivenlohkare kuitenkin irtosi tassuni alta ja vierin yhdessä kivenlohkareen kanssa alas.

Ensin tunsin kivun. Pian kaikki pimeni silmissäni.

Olin kolauttanut pääni pahasti. Tassuihini sattui avatessani silmäni. Sieraimiini kantautui myrkyn ja pilaantuneen lohen haju. Olin varma, etten selviäisi hengissä. Tassuni olivat niin kipeät, etten voinut kävellä. Kyyneleet valuivat poskiani pitkin. Minun olisi pitänyt uskoa äitini ja veljeni varoitusta. Minua pelotti.

Onneksi veljeni keksi keinon, jolla auttaa minua. Illan pimetessä veljeni kutsui revontulet apuun. Veljeni sai tehtyä revontulesta lasson, jonka hän heitti ympärilleni. Saatuaan lasson ympärilleni veljeni nosti minut sen avulla takaisin ylös.

Olin hengissä ja kaukana myrkyllisen lammen luota.

En kuitenkaan pystynyt kävelemään moneen päivään. Pääsisimmekö enää koskaan kotiin? Meille tuli valtava koti-ikävä. Kun olimme nälissämme tuntemattomassa metsässä, isä rukoili joka päivä, että olisimme hengissä. Äiti etsi meitä siskomme kanssa.

Meillä oli kauhea nälkä. Olimme varmoja, että nääntyisimme nälkään, ennen kuin tassuni paranisi. Kuulimme kimeän äänen yläilmoista ja pelästyimme. Liikkeellä oli suuri lintu. Mahtaisiko se iskeä meidän kimppuumme? Pelko hiipi jälleen sisuksiimme.

Mutta tuntematon kalasääski toikin meille ruuaksi lohta.

Kalasääski kertoi meille tietävänsä, missä kotimetsämme on. Hän oli yläilmoista nähnyt, kuinka iso karhu oli itkuisena puhunut kahdesta kadonneesta poikasestaan kiven päällä, käpälät ristissä. Kalasääski näytti meille siivellään suuntaa, mistä löytäisimme kotimetsän.

Olimme kiitollisia tästä yllättävästä avusta, jota saimme kokea. Tassuni parani. Jatkoimme matkaa takaisin kohti kotimetsää.

Valppaina, mutta väsyneinä taivalsimme veljeni kanssa kohti kotia. Sisällämme pulputti kuitenkin toivo ja ilo kotiin pääsemisestä.

Useamman tassun askeleen jälkeen meitä alkoi myös hävettää seikkailuretkemme.

Äiti karjaisi lujaa lähestyessämme kotimetsää. Äiti ei tunnistanut meitä kaukaa, sillä meihin oli tarttunut kaukaisten metsien ja vesien tuoksut.

Äiti kuitenkin pian tunnisti meidät ja tervehti meitä iloisena.

Isä oli meille vihainen, kun olimme lähteneet omille teillemme. Syvällä sisimmässään hän oli kuitenkin onnellinen, että olimme palanneet elävinä takaisin.

Pyysimme anteeksi isältä, ettemme olleet totelleet. Nyt ymmärsimme, miksi meitä oli varoitettu. Meille olisi voinut käydä tosi huonosti.

Iloitsimme yhdessä: olimme jälleen kotona!
Pidimme juhlat ja leikimme yhdessä piirileikkiä.

Nyt kun olimme kotona, meillä oli ruokaa
syödä. Meillä oli rakkaat ympärillämme.

Me koimme olevamme turvassa ja rakastettuja.
Me kasvoimme, vahvistuimme ja viisastuimme.

Maailmassa on kyllä paljon nähtävää, mutta tärkein asia löytyy yleensä hyvin läheltä.

Tärkeää on saada olla rakastettu.

Tarinaamme kerrotaan edelleen karhujen
keskuudessa - aina revontulien aikaan.